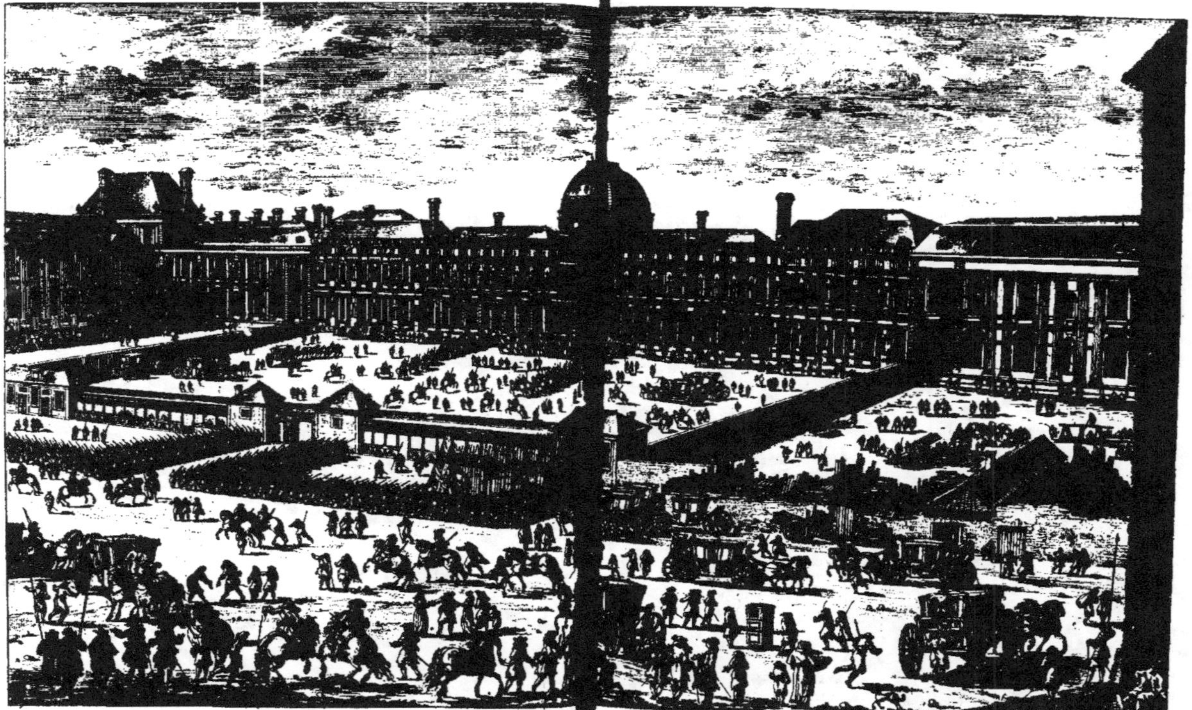

Veüe en Perspectiue du Palais des [Thui]lleries du Costé de l'Entrée.

A Paris chez N. Langlois rue S.t Jacques a la [...] auec Priuil. du Roy dessiné et graué par Perelle.

LE CARNAVAL

MASCARADE

ROYALE.

Dansée par sa Majesté le dix-huitiéme Ianuier 1668.

A PARIS,

Par ROBERT BALLARD, seul Imprimeur du Roy pour la Musique.

M. DC. LXVIII.

Auec Priuilege de sa Majesté.

LE CARNAVAL.

MASCARADE

ROYALE.

E CARNAVAL habillé d'vne maniere qui le fait d'abord recon-noiftre, paroift fur vn petit Thrône, dans le fonds du Theatre. Il eft en-uironné de fa Suite ordinaire, veftuë de fes Liurées, & com-

A ij

poſée d'vn grand nombre de Perſonnes qui chantent, & qui joüent de pluſieurs ſortes d'Inſtruments. Les Violons qui le ſuiuent, commencent à celebrer ſon retour, & Luy-meſme, par vn Recit qu'il chante, excite les Enjoüements qui l'accompagnent, à delaſſer le plus Grand des Monarques de ſes glorieux Trauaux.

Le Carnaual. Monſieur d'Eſtiual.

Suite du Carnaual.

Monſieur de Lully.
Meſſieurs le Gros, le Camus, d'Anglebert, Itier, Richard, la Barre le cadet, Pinel, Grenerin, Hedoüin, Gingan, Don, Boni, Fernon l'aiſné, Fernon le cadet, Rebel, Deſchamps, Gaye, Ioannet & Laigu Pages de la Muſique de la Chambre.
Oger, & Ludet Pages de la Muſique de la Chapelle.

Grands

Grands Violons.	Petits Violons.
Du Manoir.	Marchand.
Leger.	La Caiſſe l'aiſné.
Mazuel.	La Caiſſe le cadet.
Chaudron.	Magny.
Fauier.	Huguenet.
Bruſlart l'aiſné.	Broüard.
Bruſlart le jeune.	Le Roux l'aiſné.
Feugré.	Le Roux le cadet.
Ioubert.	Guerin.
Des-Noyers.	Le Grais.
Balus.	La Fontaine.
Du Pin.	Charlot.
Des-Matins.	Martinot pere.
Leſperuier.	Martinot fils.
Robeau.	Alais.
Varin.	Foſſard.
La Place.	Deſtouches.
De Leſpine.	Roulin.
Mercier.	
Camille.	
Simper.	
Cheualier.	

Flutes.

Deſcouteaux pere, Deſcouteaux fils, Pieſche,
Philbert, Iean Opterre, Nicolas Opterre,
Martin Opterre, & Louys Opterre.

B

RECIT DV CARNAVAL.

IE reuiens enfin, à mon tour,
    Dans cette illustre Cour
Où, sous un Regne heureux, tant de grandeur
    abonde :
Vous, qui m'accompagnez, aimables Enjouëments,
    Prenez vos plus doux agréments,
Pour diuertir les Soins du plus grand ROY du
    Monde.

Toutes les voix ensemble.

Profitons du temps
Qu'Il donne à nos Chants ;
Dés que les tendres Herbettes
Rajeuniront l'Vniuers,
Les Tambours, & les Trompettes
Feront ses plus doux concerts.

PREMIERE ENTRE'E

LES PLAISIRS inseparables du Carnaual, s'empreſſent les premiers à le ſuiure, & l'vn d'Eux, par vne Chanſon qu'il chante en dançant, inuittent tout le monde à l'Amour, & à la Ioye.

Plaiſirs qui dançent.
LE ROY.
Le Marquis de Villeroy, le Marquis de Raſſan, Meſſieurs Beauchamp, & Noblet.

Plaiſir qui chante en dançant. Mr Noblet.

CHANSON DES PLAISIRS,

AYmez, cherchez à plaire,
Vous ne ſçauriez mieux faire;
Les plus beaux de vos jours
Sont faits pour les amours:
Mais banniſſez les larmes,
Et les triſtes ſoûpirs,
Les Amours ſont ſans charmes
Sans le ſecours des Plaiſirs.

Le Dieu qui fait qu'on ayme
Fuit les Chagrins, Luy-mefme,
Et cherche à tous moments
Les Diuertiffements :
Il n'ayme point à prendre
Des foins qui foient fâcheux,
Et c'eft vn Enfant tendre
Qui fe plaift parmy les Ieux.

II. ENTRÉE.

DES IOVEVRS redoublent l'ardeur qu'ils ont pour le Ieu au retour du Carnaual , & tandis qu'ils joüent , deux Maiftres d'Academie, qui leur ont preparé des Cartes & des Dez, fe rejoüiffent du profit qu'ils efperent.

Ioüeurs. Le Duc de Cheureufe, Monfieur de Souuille, Meffieurs Ioüan , S. André , Mayeu, & Pefan.

Maiftres de l'Academie du Ieu.
Monfieur Coquet, & M. d'Heureux.

III.

III. ENTRE'E.

DEs Gens de bonne chere prennent part.
aux rejouïffances du Carnaual : vn d'en-
tr'Eux chante vne Chanfon à boire au milieu des
Autres, qui dançent autour de luy.

Gens de bonne chere qui dançent.
Meffieurs Doliuet, Chicanneau,
le Chantre, & du Pron.

CHANSON A BOIRE.

Chantée par Monfieur Gaye.

NOus n'auons jamais de chagrin;
Si quelqu'vn de Nous eft mal fain,
Pour courir à fon ayde
Nous nous paffons du Medecin.
Nous fçauons vn fecret diuin,
Vn grand remede,
A qui tout cede,
C'eft le bon vin.

Si l'Amour, ce petit Lutin,
Veut troubler noftre heureux deftin,
Auant qu'il nous poffede
Nous le chaffons le verre en main.
Nous fçauons vn fecret diuin,
Vn grand remede,
A qui tout cede,
C'eft le bon vin.

C

IV. ENTRE'E.

DEux Maiſtres à dançer teſmoignent la Ioye qu'ils ont des auantages que le retour du Carnaual leur donne.

Maiſtres à dançer.

Les Sieurs la Pierre, & Fauier.

V. ENTRE'E.

VNe Trouppe de Maſques ridicules, auec des habits bizares, & des poſtures croteſques, ſe meſle à la ſuitte du Carnaual.

Maſques ridicules.

Meſſieurs Doliuet, le Chantre, Bonard, & Arnald. *Hommes.*

Meſſieurs Payſan, Vaignard, Chauueau, & Mayeu. *Femmes.*

VI. ENTRE'E.

DEs Mafques ferieux, & Magnifiques, vien-
nent prendre part aux diuertiſſemens du
Carnaual : Ils font conduits par la Galanterie,
qui adjoufte à leur dance l'agrément d'vne chanſon pleine de maximes galantes, qu'elle chante au milieu d'Eux.

Mafques ſerieux.

LE ROY.

Meſſieurs d'Armagnac, & de Vaudemont,
le Marquis de Villeroy, le Marquis
de Raſſan, & M. Beauchamp.

LA GALANTERIE. Mlle. Hilaire.

CHANSON DE LA GALANTERIE.

Maximes de Galanterie pour les Hommes.

SOyez fidelle:
Le ſoin d'vn Amant
Prés d'vne Belle
Trouue aiſement
Vn heureux moment.
Souuent vne ame cruelle
S'engage en depit d'elle,

C'eſt le grand ſecret que d'aimer conſtamment.
Soyez fidelle:
Le ſoin d'vn Amant
Prés d'vne Belle
Trouue aiſement
Vn heureux moment.
Aux loix d'Amour en vain l'on eſt rebelle,
Chacun toſt, ou tart, ſuit vn Dieu ſi charmant.
Soyez fidelle:
Le ſoin d'vn Amant
Prés d'vne Belle
Trouue aiſement
Vn heureux moment.

Maximes de Galanterie pour les Dames.

QVand on ſçait plaire,
Sur tout dans la Cour,
Que peut-on faire
Et nuit & jour
Sans vn peu d'amour?
Vn jeune cœur ſans affaire
Ne ſe diuertit guere,
Que ſert de charmer ſi l'on n'aime à ſon tour?
Quand on ſçait plaire,
Sur tout dans la Cour,
Que peut-on faire

E

Et nuit & jour
Sans vn peu d'amour?
N'attendez pas pour n'eftre point feuere
Que vos plus beaux ans commencent leur retour.
Quand on fçait plaire,
Sur tout dans la Cour,
Que peut-on faire
Et nuit & jour
Sans vn peu d'amour?

VII. ET DERNIERE ENTRE'E.

LE Carnaual defcend pour accompagner la Galanterie, & tandis qu'ils chantent vne maniere de Dialogue, ou tous les chœurs, tant des voix que des inftruments fe meflent, & répondent tour à tour; ce qui a paru dans les Entrées precedentes fe reünit, & dance enfemble.

Dialogue du Carnaual & de la Galanterie.

LE CARNAVAL.

Corrigeons de l'Hyuer la rigueur naturelle,
Et nous vniffons tous.

D

La Galanterie.

De la Saiſon la plus cruelle
Faiſons pour nous
La Saiſon la plus belle,
Et les Iours les plus doux.

Le Carnaual & la Galanterie chantent enſem-
ble, & tous les chœurs leur répondent.

Meſlons à la Dance
La douceur de nos Chanſons,
Chantons, & dançons;
Que ce plaiſir recommence
En mille façons,
Chantons, & dançons.

FIN

VERS

POVR LES PERSONNAGES

DE LA

MASCARADE

ROYALE

DV CARNAVAL.

POVR LE ROY. *Plaisir.*

Ce PLAISIR *se mesle vn Trauail aßidu,*
La Gloire en est, tout se r'assemble,
Et s'vnit tellement ensemble
Qu'il n'est rien de mieux confondu.

Ce PLAISIR *a dequoy combler nostre desir,*
Et cette derniere Campagne
A fait auoüer à l'Espagne
Que c'est vn terrible PLAISIR.

Elle doit cet Hiuer détourner ses malheurs,
Sinon au retour du Zephyre
Ie crains qu'elle n'ait lieu de dire
Pour vn PLAISIR *mille douleurs.*

S'il flate nostre goust pour elle quant & quant
Il est d'vne amertume insigne,
Et selon qu'on s'en trouue digne
C'est vn PLAISIR *doux & piquant.*

Voyez de qu'elle grace en cadence il se meut,
Il n'est point de cœurs qu'il n'entraisne,
Enfin c'est vn PLAISIR *de Reine,*
Et dont ne gouste pas qui veut.

E

Pour le Marquis de Villeroy.   *Plaifir.*

*P*Army tous les Plaifirs *vous eftes à fouhait,*
Mais ne fçauez vous pas que vous eftes bien
        fait,
Que les talans d'autruy n'effacent point les voftres,
Et quand vous étalez ce grand air en entrant
Sans conter le Plaifir que vous faites aux autres,
Vous en faites vous pas à vous mefme vn fort
        grand?

Pour le Duc de Cheureufe.   *Ioüeur.*

*V*Ous auez joüé de bonheur,
Et par voftre Aliance & par voftre courage,
Il y pareft chez vous, & fur voftre vifage
Que la guerre a marqué d'vn eternel honneur.

Pour LE ROY.   *Mafque ferieux.*

*M*Afque, ne fçauroit-on deuiner qui vous eftes?
À cette mine haute, à tout ce que vous faites,
A ces traits de grandeur éclatans, glorieux,
Et fi fort au deffus de tout ce que nous fommes,
A ce qui malgré vous s'échape de vos yeux
Il faut que vous foyez la merueille des Hommes.

Demeurer inconnu c'eſt pour vous vne affaire,
Et la ſeule je croy que vous ne ſçauriez faire,
Car en vous tout trahit le ſoin de vous cacher,
Il n'eſt point pour cela de nuit aſſez profonde,
Aucun déguiſement ne ſçauroit empeſcher
Qu'on ne vous prenne icy pour le premier du monde.

Ah! je me doutois bien que vous eſtiez le Maiſtre,
Et voſtre procedé m'ayde à vous reconeſtre,
Perſonne là deſſus n'eſt long-temps abuſé,
Et l'Eſpagne qui vient d'eſſuyer la bouraſque
Voudroit que vous fuſſiez encore déguiſé,
Tant vous luy faites peur quand vous leuez le
    maſque.

Pour Monſieur le Grand.   *Maſque.*

CE Maſque a bonne mine,
Plus en luy j'examine
Ce grand air & ce port
Qui nous charme d'abord,
Moins je le puis conneſtre,
Mais je l'attens au ton,
Et s'il parloit peut-eſtre
Le reconneſtroit on.

Pour le Prince de Vaudemont. *Masque.*

IE ne cognois point celuy-cy,
Il ne fait qu'ariuer icy,
Et je ne pense pas l'auoir veu de ma vie,
Mais aux Dames il plaist,
Et si je ne me trompe elles auroient enuie
De sçauoir quel il est.

Pour le Marquis de Villeroy. *Masque.*

CEs cheueux qui vous vont quasi jusqu'aux
genoux,
Et cette taille aisée & fine comme vous
Font qu'on vous reconest sans pouuoir s'y méprēdre,
Vous auez en reuanche vn cœur si bien masqué,
Que les plus clairuoyans auroient peine à comprēdre
De quels yeux est party le trait qui l'a piqué.

Pour le Marquis de Rassan. *Masque.*

CE Masque est agreable, & me parest vn
homme
Dont les talens sont à priser,
Tant qu'il demeure ferme il se peut déguiser,
Mais dés qu'il fait vn pas tout le monde le nomme.

F I N.